하늘 땅 사람 이야기

하늘 땅 사람 이야기

| 류용하 제 3 시집 |

하나로선
사상과문학사

시인의 말

한강을 벗하며 강 언덕에 올라 강물과 같이 흐르며 갈대와 같이 흔들리는 삶을 살아가고 조용히 때로는 소리 내며 흐르는 강물 흔들리는 갈대 흩어지는 낙엽과 같이 흩어졌다 모이고 쌓이는 이슬과 서설을 베개삼고

강바람을 맞으며 내안의 삶도 다른 이의 삶도 드려다 보고 노래 할 수 있게 되니 이것이 종심에서나마 얻어진 생의 한자락 보람인지도 모른다.

떨리고 소망하는 마음에 그간에 틈틈이 모아온 싯귀들로 제3시집을 발간하게 되었다.

삶의 진솔함도 어여쁨과 사랑도 시대를 풍미하는 정신의 바탕도 그리움과 잊지 못할 추억도 그리고 담아내어 보임에 달님 별님 모든 님들에 고마운 마음 가득하다.

하늘 땅 사람에게는 무수히 많은 이야기가 있다. 우리 다함께 그 수많은 이야기를 읽고 써 내려 가길 기대하며 서문을 써 주신 박영률 박사님께 감사를 드린다.

2022년 여명이 피어오를 때
망원 한강변 반곡재에서

하늘 땅 사람 이야기

박 영 률 박사
(교육학/철학)박사 · 시인

  우리가 다 아는 바와 같이 문학은 언어 예술이다. 인간이 언어를 가지고 의사소통은 물론 각 사람마다 각기 다른 이념과 사상, 역사 인식을 나누며 공감하거나 저항하거나 조화를 이루어 극한 상황을 피해가는 일은 만물의 영장인 인간만이 가진 장점인 것이다. 인간이 가진 서정성을 언어로 예술을 창출한다는 사실은 인문학의 핵심이라 하겠다. 인문학은 문학, 역사, 철학을 포함한다. 특히 시인은 다양한 내용을 은유나 비유 직유를 농축하여 표현하되 이미지화(형상화) 한다. 그래서 시인은 언어의 마술사라고도 하고 새로운 언어의 창조자라는 말까지 하는 것이다. 그런데 이처럼 중요한 인문학이 과학과 의술의 발달로 인해 그 영역이 침해당하고 있는 느낌마저 든다.

현재는 4차 산업혁명이 현실화 되면서 현실은 디지털시대로 아날로그 시대의 사람들은 현실 적응이 매우 어려워지고 있다. 어떤 면에서는 각종 기계 문명이 인간의 고유 영역까지 침범하고 있어서 모든 것을 기계에 의존하여 이제는 내비게이션이 없으면 운전하여 목적지를 찾아가기가 어려워진다. 인간의 기억력이나 사고방식 정서적인 영역이 사용되지 않아 퇴화되고 발달하지 못하는 것이 사실이다. 과학과 의술의 발달은 로봇이 수술하고 길을 안내하고 인간의 영역 속에 깊숙이 들어와 일자리마저 빼앗기고 있다. 센서에 의해 자동차도 운전기사가 필요 없는 세상이 도래하고 있다.

　뿐만 아니라 하나님께서 창조하신 자연생태계를 선용하지 않고 인간의 지나친 욕심이 악용되어 참다못한 자연 생태계가 인간의 삶을 위협하며 고통을 줄 뿐만 아니라 귀한 인간의 생명까지 위협하고 있다. 인간의 지나친 이기적인 욕심과 욕망의 산물이라는 생각이다. 어쩌면 최근 3년 이상이나 전 인류를 위협하고 있는 소위 "코로나 19"도 생태계의 반란이라는 생각이다. 모두가 하나님의 창조의 섭리를 어기는 인간의 죄와 욕망이 부른 산물이라 하겠다. 세계를 휩쓸고 있는 소위 동성애 문제도 바로 창조의 섭리를 어긴 인간의 잘못된 욕구인데 차별금지법이라는 묘한 말로 애써 포장하고 있는 현실이다. 인권이라는 그럴법한 언어로 포장하고 있는 것이다. 인권이라는 말로 진짜 인권을 억압하고 있는데 창조의 원리를 모르거나 곡해하고 있는 것이다. 이런 혼란스러운 현실에 인문학의 중요성은 아무리 강조해도 모자람이 없다. "류용하" 시인께서 늦게 시인으로 등단하셨지만 류 시인의 열정적인 창작력은 세 번째 시집 "하늘 땅 사람 이야기"로 상재하시니 감사와 축하를 드린다.

모든 사람들은 태어나는 순간부터 머리를 하늘로 쳐들고 발로 땅을 밟으며 사람과 소통하며 자연과 더불어 과학과 의술과 소통하며 살아가고 있는 이야기들을 진솔하게 시로서 아름답게 표현한다는 것은 대단히 의미심장한 것이다.

"류용하" 시인은 그의 프로필에서 보듯이 교육의 일선에서 그리고 체신부, 노동부에서 근무하며 근로복지공단 본부장을 역임하면서 온갖 많은 관계 속에서의 경험과 체험들이 남달랐음을 볼 수 있다. 다시 말하면 많은 이야기들이 그의 삶의 여정 안에 있었을 것이다. 그런 체험들을 농축해서 창작한 시들이기에 한 생애의 역사인 것이다. 미련한 사람은 자신이 다 체험하려 들지만 지혜로운 사람은 다른 사람들의 체험과 책을 통한 간접체험이 많을수록 인생의 깊이가 더한 것이 사실이기에 많이 읽고(도서), 많이 생각하고, 많이 쓰고, 그것을 많은 사람들에게 보게 하여 조언을 듣고 이야기함으로 더 좋고 훌륭한 창작을 하게 되는 것이다.

필자는 "시는 참을 수 없는 기침이며 토해내는 각혈 같은 것이라"는 말을 자주 해 왔는데 그만큼 시 창작은 쉬운 작업

이 아니라는 사실을 강조함이라 하겠다.

한국문인협회에 정식으로 가입한 시인의 창작열이 더욱 깊고 높아지기를 바라면서 한국문학의 새로운 지평을 열어가기를 바라며 건필하시기를 기원 드린다.

성원 박영률

필자는 하나로 선 사상과 문학의 발행 편집인이며 사단법인 우리나라사랑 이사장(통일부 법인), 사단법인 한국복지선교연합회 이사장과 재단법인 유니코리아 성원 대표이사를 맡고 있으며 국가발전 기독연구원 대표이며 이전에 서경대학교 교수 및 신학교 부총장과 총장을 역임 하셨으며 현재에는 유니코리아월드 대표이사 겸 회장으로 섬기고 있다.

차 례

1부 달님의 노래

2부   어여쁜 그님

3부 시대정신

4부   그리움과 추억

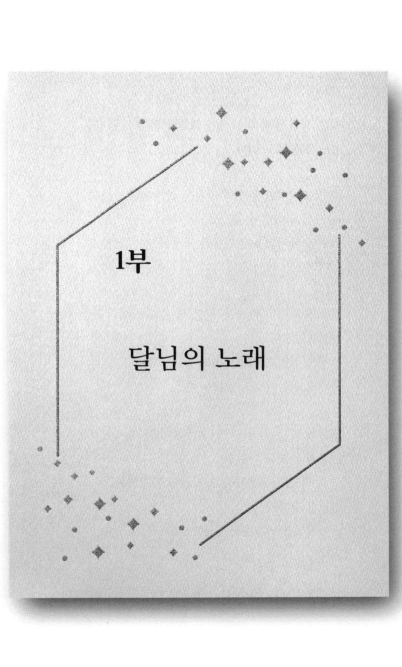

1부

달님의 노래

달님의 노래

이른 새벽 창밖의 창공엔 보름달 달님 얼굴이
유난히 둥글고 밝다

한 밤중이지만 한낮의 열기는 식지 않고
30도의 무더위 속에
더위와 바이러스에 찌들은 인생과 삶은 연일
어지러움만 더하고

인류의 역사를 학자는 전쟁. 병균. 금속이라고
표현하였으니
투쟁과 질병과 산업발전의 숨 막히는
세월의 변천이 아니었겠는 가

변화와 발달에 적응하는 인류와 적응하지 못하는
인류의 운명을 가르고
그 삶의 질을 결정하였고 지금도 끊임없는
변천과 질병에서
즐거워하기도 괴롭고 힘들어 하고도
있다

허지만 저 달님은 억겁의 세월 동안 한 점의

변화도 없는
달님의 노래를 쉼 없이 들려주고
인간의 가슴속에 평화와 안정을 도모해 오고
있건만

명리와 생존에만 급급한 인간은 지금도
총. 균. 쇠의 카테고리와 고통에 갇히고 신음하고
있으니
숙명이고 업보일지도 모른다.

바람과 구름

바람과 바람이 맞닿으니 구름 한켠으로
비켜나고
구름 속에 묻혀 떠다니는 세월은
무엇을 얻고 무엇을 남겼나

한때는 모두가 경국지색 이었건만
더해지는 풍파 거스를 수 없는 곡절
수많은 나날이 백설과 주름을
가져다주었지만

그래도 아직은 고운마음에 이쁨을 간직하고
삶의 한 귀퉁이 아름답게 여미고 있으니
이 어찌 귀하다 하지 아니 할 수 있으리

남은 인생의 길목에 복되고 강건함이 굳건히
자리하고
고복격양鼓腹擊壤이 펼쳐지는 그런
뜨거운 영광이 있으리라 한마음 되어
얼싸안고 힘차게 뛰어 보리라.

그믐달

새벽 정기 시원한 바람결에 묻어 날고
동녘에 떠오른 그믐달 그님의 눈썹마냥
가늘고 정겹게 내안을 파고들고

그토록 뜨겁던 한낮의 열기도 대지의 따가움도
수많은 사연 얘기들 모으고 모아
밝아오는 여명에 스러져 담기고

바이러스에 찌들은 중생들의 고단한 삶들도
커졌다가 작아지고 또 커지는 저 달님마냥
부침을 거듭하니

오늘의 움츠리고 쪼그라진 일상 살림
그 모두를
다시커질 저 그믐달처럼 새로운
희망과 결실을 기다리며
이 새벽
간절한 소망 속에 또 하루를 열어간다.

사랑의 여로

그날의 따뜻한 마음이 움직여
고운님 맞이하고
보고픈 마음에 들뜬 심정 고이
접어
저 물결에 띄워 보내노니

기다리는 심사 내님은 짐작이나
하였을 런지
그래도 불러보고 써보고
님의 얼굴 잊어버리지 못 하도록

애틋한 사랑의 여로는 언제나
길고 넓고 아득히 열려 있으니
달려가고 뛰어오고
얼싸 안을 때
우리의 연정은 끝없이 이어 지누나.

고갯마루

산바람 들바람 강바람 드세게 때론
조용히 그 날개를 펴고 오그리고
세월의 여울에 높고 낮은 바람 골을
남기고

고갯마루 성황당 돌탑에는 소망의
보따리가 자리하고
먼저 넘는 이도 나중 넘는 이도
그 걸음에
찬란한 생의 찬가가 감미롭고

한 짐 가득한 청춘도 기백도 내려놓은 지
오랜 저 길손 훌훌 털어진 두 활개
휘이휘이 흔들고 걸음마저 가볍네

뒤 돌아본 구릉 마다 이쁘고 이쁜 꽃잎
싱싱한 풀잎 멋들어진 나뭇가지
산새 들새의 청아함이 한데 어울려
한바탕 흥겨운 가락 되어 유유자적
남은 세월의 모롱이를 하늘에 올리네.

별의 이야기

밤 이었나 까만 하늘 바람에 실려 나르니
별들의 마을이 옹기종기 자리 잡고
큰 별 작은 별 모여 앉아 세상의 애환
끝없이 이어지네

지난달 아랫마을 별순이네 송아지 태어나고
뚱순이네 별 사위 봄에
온 동네잔치에 춤사위 흥겨웠다고

별의 세상에도 아픔은 있으니 새로운
거품에
별의 신이 신약을 내려주기 고대하며
밤이슬 곁에서 기도하네

굴곡지고 또 바르고 곧은 세월의 자락에서
별님들은 가쁜 숨도 편안한 쉼터도
끝없는 열정을 모아 곱디곱게 달려 왔다고
더욱 영롱히 반짝인다.

눈 내리는 저녁

어둠이 짙어진 하늘가 찾아오는
소복의 손님
산천초목도 인간의 세상도
희디희게 덮으며 온갖 애환도 시름도 기쁨도
감싸 안고 소리 없이
숨어들어온다

무엇이 그립고 아쉬운지 세상을
도화지 삼아 이 땅위에 백색의 산수화를
그려 펼쳐낸다
축복을 기리는 기도도 사랑의 속삭임도
아귀의 다툼도 듣고 새기면서

흰 눈 내리는 이 저녁 태평한 세상에
아픔이 없고
모두에게 지혜와 재능이 골고루 내려
백설의 품속에 그득함을 허락하기를
소원하며 짙어지는 어둠속을
질주하는 외침이 메아리친다.

갈잎의 노래

추풍이 일어 풀잎 나뭇잎을 흔드니
제몫을 다한 이파리 흐트러지고
쌓여지는 갈잎 속에 바이러스가 파고드니

새싹의 밑거름이 되어 새 생명을 불어
일으키어 반가운 손님이 된다
손님은 오고 가고 늘 새로운 손님이 온다

이 땅에 왕관모양을 한 새 손님이 온지
한해가 지났다
갈잎에 깃들은 고운마음의 바이러스와
달리
착하고 복됨이 아닌 생명을
위협하는 존재다

온갖 이기를 남겨주는 소처럼 고약한
바이러스를
퇴치해 주기를 신축 년에 더욱 갈망 된다

갈잎은 노래한다 저네들에 깃든 바이러스
마냥

착하고 고마운 바이러스가 되고 왕관을
부셔버리고 몰아내는 반갑고 아름다운 벗들이
쉬 오고
제 자리에 서서 일상의 복됨을 찾아 주기를.

새벽길

어둠은 아직 이고 바람은 길모퉁이를
돌아가는데
눈길 비탈길 큰길 골목길 찻길
그 길 위에 새벽을 여는 희망이
서리고
걷고 뛰고 달리고
고단함도 미끄러짐도 하루를 시작하는
고리가 되어 일찍부터 새벽길은
분주해 진다
하늘의 바램을 따라
오늘을 살아가는 모든 생명의
알림길이 되어 굽게 곧게 뻗어
나간다.

눈발

밤새 천지가 백설에 묻혔다
장독대에도 돌담에도 나뭇가지에도
ㄱㄴㄷ 철수와 영이 소리 내어 외우며
뜀박질 할 때도 백설은
분분히 날렸다

꽁꽁 언 땅이지만 그 밑에는 새싹과
새 생명이 꿈틀 거린다
삭풍은 여전하지만 그 농도와 부딪침은
세월의 변천에 따라 다르다

휘날리는 눈발은 기억하며 속삭인다
고난은 언제나 있고 기쁨도 언제나 있었다고
그것을 받고 이겨내는 힘도
각자의 몫이고 정성의 크기에
달렸다고

이 추위와 힘듦도 새봄이 오고
춘풍명월의 산하에 꽃망울과 산새의
노래가 가득히 어우러질 때
차디찬 그날의 역경을 떨쳐버린 보람에
새로운 기운을 타고 올라 즐거워 하리리.

찬바람

이겨내는지 버티어 본다
기다려야 할까 힘을 가진
자를
품어있던 사랑의 노래도
곁들인다
맡긴다 바람 끝이 가는대로
그래도 따스함의 여운을
기다리며
어머니의 가슴 속 따스함이
더욱 새롭다
찬바람을 몰아내며 아픔을
이긴다.

가지 위

휘청이고 흔들린다 무엇이
있었나
이슬의 그림자도 산새 들새의
울음도
어지러운 세상의 각박한
살림살이도
설움을 이기는 끈질긴 눈망울도
오늘도 가지 위엔 바람이
스친다.

이 아침의 명상

간밤에 하늘은 세상을 나지막하게
덮었다
온갖 상념과 희로애락 소리 없이
감싸 안았다

모든 행과 불행이 자신에 있음도
깨우치면서
올해 첫 눈이 내렸다 모두를 덮고
조용히 묵상에 잠기도록 한다

가만히 눈을 감는다 삶의 여정은
어디까지 왔는가
수많은 굴곡과 번뇌 환희가 온몸을
스쳐가지 않았는가

이제 슬며시 내려놓아야 할 때가
되어가고 있다
수없이 걸어와 아픔에 물든 다리도
이제 그만 쉬어야 하지 않는가

이아침 편안히 두 눈을 감고

남아있는 길 그 안에서 그래도
고루고루 숨쉬고
모든 이와 어깨를 같이하고 함께 가는
아름다움을 기리며 명상에 잠긴다.

저녁하늘

푸르름이 가시고 붉은 저녁 하늘 아래로
하루가 저문다
강물도 붉게 물들이고 우리네 마음도
붉게 물들인다

세월은 한결 같건만 사람의 마음은
조석변개 일 수도 있으니
믿지 못하는 것은 사람의 마음인가

그래도 우리는 믿고 살고 믿고 속고
또 살아간다
선한 마음속에는 따뜻함이 자리하고
믿음도 샘 솟는다

믿지 못하는 마음에 씨를 뿌려도 씨앗은
피지 않는다
그래서 우리는 믿고 또 믿고 또 씨를
뿌려야 한다

행과 불행은 마음속에 있다 했다
오늘이 행복하지 않다고 하여 버릴 수는

없지 않은가

어스름 내리는 저녁하늘 속에 묻혀 스스로
자위하고 그래도 선한 마음이 자리하고
아픔을 이겨내는 극기의 또 다른 하루가
되기를 염원한다.

자동차 불빛

어둠이 다리 위 도로 위 내려앉고 어둠을
가르는
불빛 속에 바람이 세차다
불빛은 가로등에도 자동차에도 매달리고 달려서
달린다

자동차는 빠르게도 느리게도 달리고 또 달린다
길도 밝히고 마음도 밝히는 뜨거운 빛을
뿜어내며
무슨 말을 하며 달릴까 바쁘다고 할까
배고프다고 할까

꿈을 꾸는 사람들은 그 속에서 무슨 일들을
할까
건강을 기원하고 부를 이루고 무사안일 하기를
바랄까

자동차는 언제나 수많은 사람도 짐도 싣고
내린다
바람을 가르며 자국을 남기며 즐겁고 기쁘고
시리고 아프고 많고 많은 사연 모두

신고
달리고 또 달린다

아무리 힘들고 무거워도 숨이 가빠도
아무런 불평도 불만도 없이 묵묵히 인내하며
모두의 바람과 꿈을 안고 빛을 밝히며
끝없이 달린다.

흐름

구름은 흔적이 없이 사라지고
바람은 자취도 없이 흘러간다고
어둠 속에 묻힌 밤하늘이 그 속에
싸여 살아가는 인생들에 귀띔한다

알면서도 또 잊어버리면서도
허허로움을 벗하지 못하고
붙들고 매달려 몸부림치며
길 잃은 사슴처럼 산길을 헤맨다

건강호신健康護身 제일의 덕목도 지키지
못하고
성효사친誠孝事親 부모님 떠난 뒤에
가슴 저미며 흐느낀다
흘러가는 세월에 서러움을 씻으면서

어제 밤도 오늘밤도 흐르는 나날에
기대어 나약해진 심신을 다잡고
별빛 영롱할 적 그 그늘에 올라서서
거센 풍랑의 흐름에 끝없이 염원한다.

입춘

산마루 넘어 눈밭에 찬 서리 몰아내며
새봄의 전령이 비상을 준비하고
세상살이 분주한 삼 라의 중생들도
마음 속 깊숙이 새 손님 맞을 준비에
분주 할 진데

아직은 고단한 삶 속에서 일상이
허물어지지만
세월은 저절로 달아나고 지난날은
허상이고 잊혀 지니
오늘 하루 스스로 복을 불러 안으리

따뜻한 맘속에 새 희망을 키우고
햇볕과 달과 별 모두의 기운이
강남제비 지저귈 때 손에 손 잡고
다 함께 어우러져 공동의 찬란하고
아름다운 세상에 묻혀 살리라.

사랑은 봄을 재촉하고

봄비가 날렸던 가 쌓인 눈송이 위로
저무는 겨울 자락이 외롭고
삭풍은 힘을 잃고 그 자리에 춘풍이
몰려올 즈음

나목의 속살도 풀뿌리의 억샌 다리도
보내버렸던 그날의 가슴 뜨거운
사랑의 보따리 다시 챙겨들고
저만큼 밀려오는 새봄의 숨소리에
젖어들어 달려가 네

아직은 움츠려 있는 동토의 마당에
해빙의 기운을 북돋우고 동절의 연인이
새봄의 울타리 속에 아름답게 자리하여
뜨거운 연정의 세상을 만들고

한데 어울려 아픔과 고난을 씻어내고
멋들어진 춤사위 모두의 숨결에 녹아
다음에 올 울창한 숲도 풍성한 열매도
내안에 깊숙이 살아 숨 쉬도록 사랑은
새봄을 재촉하고 얼싸안아 들인다.

봄이 자리하는 강 언덕

따사한 3월의 한낮 찬바람 사이사이로
봄을 열어가는 햇살 가득한 강 언덕은
움트는 새싹과 함께 기지개를 켜고

강 속 헤집는 오리 떼는 살 올려 고향 갈
채비에 분주하고
푸르름을 더하는 버들가지 또 한해의 생을
준비 하네

세월은 언제나 제자리에서 만나고 보내는
계절을 잊지 아니하지만
우리네 삶은 보낸 세월 다시 맞을 수 없으니

오늘 하루도 살랑이는 강바람에 마음을 실어
곱게 씻어내려
멀고 가까운 인연들에 띄워 보내고

철따라 푸르고 낙엽지고 찬 서리 내리는
강 언덕에 언제나 꿋꿋이 올라
하늘 땅 움켜쥐고
모든 정성을 심고 가꾸고 보듬어 길이길이
새봄을 맞고 또 보내고 기억하리라.

차 한 잔

아침 햇살 성산대교 난간에 비치니
그 아래 강물 붉게 띠를 이루고
강 양안의 빌딩도 공원도 강 속으로
빠져들어 새날의 기운을 나누네

창밖의 강변북로 차들은 거북이
걸음이고 내부 순환 로 오르내리는
다양한 차량의 질주 그들의 숨 가쁨이
내안의 찻잔 속에 스며드누나

오늘의 일상에 분주함이 또아리 틀 때
저마다 이룸을 꿈꾸며 설레이고
조용히 묵상에 잠겨 차향에 젖으며
하루를 여는 모든 이에 참의 삶들이
자리하기를 염원하고

이해와 소통과 자유로움이 창 넘어
세상사 강바람 마냥 순리에 따라
가고 오며 나누고 보태고 스스로의
옷자락이 알맞은 힘에 펄럭이기를
빛나는 또 하루의 기력에 기대본다.

또 다른 환희

한낮의 분주함을 아는 양
모르는 양
운무 속에 태양은
한가롭고

속세에 찌들은 늙은 망아지는
빛바랜 추억들을
말리고 있고

새로운 날들에 맞이할
한 가닥
또 다른 환희를 기다림에
아낌없이
오늘을
불사른다.

뙤약볕과 바람

강가 돌 틈새로 물거품이 일렁이고
둔덕에 자리한 풀잎 위로 바람이
속삭이며 노래도 곁들인다

한낮의 이 뜨거움을 어찌 견디느냐고
풀잎은 말한다
이 열기가 내 몸 안의 발전을 도와
내 키가 갑절이 되고
두께도 몇 배가 되어 간다고

아는 것은 알고 모르는 것은 모를지라도
우리는 언제나 제 자리에서
기다리며 감내하고 또 이겨낸다고

감싸고 어루만지고 고이 키워 꽃이 피고
열매가 흐드러질 때
뙤약볕과 바람의 고마움에
온몸으로 축복한다고.

천지

하늘이 열릴 때 신들은 이 땅 위에 불도 물도 초목도
수많은 만물을 만들고 배치하고 온갖 생명 거두고
그들의 삶의 터전을 만들어 주었다

허다한 변천을 거듭하며 오늘의 정착을 가져오고
무쌍한 세상의 굴레가 씌워졌다
배달민족의 영원한 성지로 자리하고
그 기슭에 깃들어 수천 년을 살아오게
보듬어 들인 천지

우매한 자손은 이념에 갈리고 권세에 눈이 멀어
순례의 길도 지금은 남의 땅 그 길을 따라
오르게 하였으니

영혼마저 가라앉고 아픈 숨 몰아쉬며
신령 되어 굽어보이는 저 경애의 물결
눈마저 시린 만경창파 백두의 수풀
파노라마 되어 펼쳐진 광활한 벌판
그 먼 옛날 조상의 말발굽 소리 칼부림 함성이
우리의 뇌리와 온몸에 울리고 파고든다

빼앗긴 벌판에도 봄은 온다지만 되찾기 요원해진
천지와 만주벌판을 원통해 한들
새로운 벼락은 요원하니

험난한 오늘의 세태에서 그저 감상에 젖어
언젠가 우리의 손으로 되찾아
천지 가의 움막에서 곰과 마늘이 되기를
꿈꾸어 본다.

백두산 등정에서

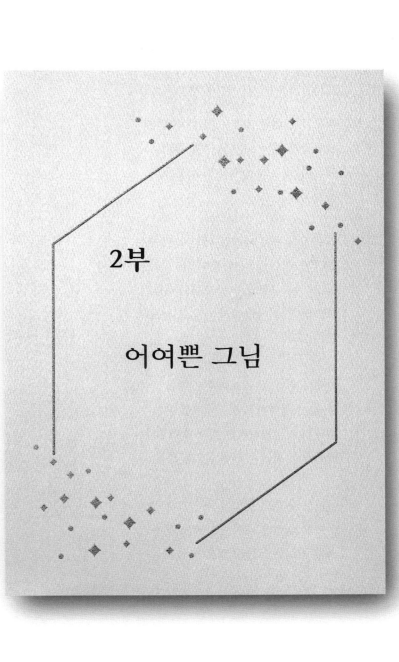

2부

어여쁜 그님

미소

떠오르는 얼굴 그것도 웃음 띤 얼굴
바람결에 실어 오기도 구름 끝에
매달려 오기도 골짜기 냇물에 얹혀
흘러오기도

산등성이 곱게 자리한 예쁜 꽃잎에도
잔잔한 미소 벌 나비 품어 안고
살랑이는 나뭇잎과 밤사이 내려앉은
이슬의 꿈과 사랑얘기 나누고 듣느라
분주 하네

언제나 곁에 두고 보여주고 때론 감추고
더 많이 잉태하고 뿜어내기를
기다리고 염원하지만 석벽에 박힌
바위마냥 천근 무게에 눌려있음은

아마도 웃음의 마력을 깨우치지 못한
우매한 속성을 쉬이 저버리지 못하니
예쁜 꽃잎은 그들의 영혼을 불러불러
벌어지는 밤송이 속의 밤알 같은
아름다운 미소 그 품속에 머물게 하네.

이화

돌담이 있었네 돌담 너머 풋풋한 삶의
내음이 풍겨나고
훈훈한 인심에 각박한 세월도 넘고 넘어
아름다움이 강을 건너 사뿐히 자리하고

어둡고 긴 터널 울퉁불퉁 험한 고갯길
꿋꿋한 끈기 굳은 의지 하나 된 신념이
곧고 굽은 나날 고단했든 그날도
지나간 추억과 얘기꺼리로 만드니

죽마 된 세월의 자락에 가쁜히 올라
이화 만발했던 그날의 따사한 기운을
되새기며
설움도 즐거움도 상념도 홀갑게 벗어
버리고

연연이 피어나는 이화의 향내와 그
열매의 단맛과 시원한 즙액의 기운을 타고
남은 생의 여백을 이쁘고 이쁜
꽃잎들로 한가득 채워 가누나.

여울

옹달샘 나무이파리에 덥혀 맑디맑은
젖줄이 샘 솟는다
새벽같이 흘러 이웃을 몰고
골짜기를 모아 여울을 이룬다
제법 그럴싸한 노래도 곁 들이며

무엇을 녹아 들였는가 세상의
티끌도 산새의 울음도 바람소리도
나뭇가지의 그림자도
순진한 풋사랑의 애틋한 이별도

굽이치는 그 곳에 아물지 않은 상처도
못다 피운 청운의 꿈도 세상의
어지러운 풍파도 모두 슬어 담고
쉼 없이 때론 조용히 때론 성난 물굽이
되어 세월을 적시며
소용돌이치며 흘러간다

산천의 아름다움도 세상의 상처도
인간사 부질없는 다툼도 선한 마음도
악에 받친 역하심정도 모두

융합하여 담고 담아 오늘도 여울은
흐른다
혼자 남겨진 서러운 삶의 열정과
함께.

해변 그리고 내음

온다 밀려온다 푸른 물결 위로
잔잔한 파도가
갈매기 잔등 같은 하이얀 거품을
얹고

저 멀리 해무가 수평선을 가리고
그 속에 속세의 티끌을 털어 버리는
선남선녀의 발그림자는
모레 펄 위에 새록한 연민과
그리움의 자욱을 남기고

풍겨오는 바닷 내음 소사나무
그루터에 엉기어
성하의 싱그러움을 더하며
영기어린 십리포의 정담은
소리 없이
쌓이고 쌓이네.

제비꽃

제비꽃 자주 색깔 봄의 전령되어
산하에 아름다움을 물들이고
따사한 햇살 받아 패랭이꽃 창포
이쁨을 더할 때

백합과 장미향이 어울려 그 향기
수만리에 풍겨나고
해바라기 둥근 얼굴 한 더위에 익어
갈 적

언제나 한결 같은 그 마음 그 정성으로
삶의 진미를 더하며 세월을 엮어 오고
발걸음 구석구석 영글고 고매한
발자취를 남기니

모든 이의 품속에 사랑과 참 맛을
자리하게 하는
님의 그늘은 넓고 시원하고 또 따뜻함이
만방에 드리워지네.

꾀꼬리

산 넘어 등 넘어 골짜기 따라 봄바람에
실어오는 그 노래 아픈 가슴 덜어내며
님 찾아 달려오고 이리저리 기웃기웃
사랑 얘기 들려주네

앞가슴 헤쳐 곱디고운 노랑 살결은
정든 님 안아들고 불타는 연정을
물들이며 높낮이 고른 음정 열정을
잉태 한다

새봄의 전령 산천도 초목도 그 위에
얹혀 흘러가는 세상살이의 수많은
사연들도 아리땁고 청량한 소리에
실어 온 산하에 펴 나르네

따사한 햇살 사이로 파고드는 꾀꼬리
잔등에 올라 인내무우忍耐無憂로 곱고도 고운
노래 가락에 힘입어 깊어가는 봄내음 속에
편안함을 만들고 보듬어 주네.

생신 나무

잎이 피고 꽃과 열매가
흐드러지고
사랑과 정념이 흘러넘친 지
몇 해 였던가

곱디고운 그 모습이 아직 이고
넉넉한 품안은 깊은 골짜기이며
맑은 소리 그득 하네

축복받아 마땅하고 생기
여전함도 지당하니
생신을 모신 나무는
오늘도 내일도 울창하고
싱싱하리라.

제비

추녀 끝 봄소식을 알리며 마음속
깊이
따사함을 심어 추위에 언 심신을
달래며 언제나 잊지 않았지

세월의 변천은 그네들도 보기
어렵게 되고
지지배배 노래 소리도
꿈속에서나마 들리는 듯 하네

그래도 건강히 새끼 먹이기에
분주하고 벼이삭위의 군무는
동심에 돌아가게 하였고
부지런함은 일상의 교훈이었네

그리 지나간 날을 회상하며
늙어가는 심정에 애틋한 정을 모아
우리들 가슴 속 깊이 심을 때
너와 나의 실타래는 끊어지지 않네.

풀내음

내음 풀내음 짙고 짙은 내음인가
이름이야 있건 없건 어울려져 풍기는 그 내음
내 가슴에 저려오고
유혹에 넘어간 풀벌레 목청 높여
이 저녁 노래로 채워간다

풀벌레 노래 속에 심신을 뉘이니
내가 풀벌레 인지
풀벌레가 내인지 알 수가 없구나

풀잎 위의 송알송알 밤이슬 세상의 바른 이치
품어 안고
올 곧은 마음은 세상을 편하게 하고
잘난 이 못난이 두루 풀내음 마음껏 마시고
숨 쉬게 이른다

우리 모두 다툼의 아귀 미련 없이 내려놓고
다함께 굳게 손잡고
고요히 풀벌레의 합창에 귀 기울이고
살며시 어스름에 올라 세상의 올 곧은
살림살이 열어 가도록 하고프다.

한강 쟁이

도도히 느리고 빠르게 흐르는 저 한강
그 강가에 앉아 소리 없이 마음 되새기는
사나이

물어보고 또 물어도 강물은 그저 물소리만
되 뇌일 뿐 대답이 없고
없는 듯 있는 듯 마냥 흐르기만 하는 구나

많은 생각을 하고 또 생각하고 무엇이 옳고
그른지
무엇을 하고 무엇을 하지 않아야 하는지

세월이 많지 않다고 한탄해야 무슨 소용인가
이틀은 하루 보다 길고 2년은 1년 보다
많다

이제나 저제나 한강 쟁이는 마음 끓이다가도
또 다잡으며 세월에 올라타 할 수 있는 일
하면서
세월을 읊고 벗하려 함이노라.

억새꽃

강 언덕 휘어지고 흔들리고 그래도
꺾이지 않으니 절개가 살았든가

솜사탕 같은 흰머리 조아리며
무엇을 챙겼나

잃어버리고 던져버린 바지가랑이
속살을 부여안고 그녀의 모진 인연을
그리워하며

떠나고 흘려버린 진하 디 진한
옛정에 목메어 흰 구름 부여잡고
억새꽃은 춤을 추고 통곡하나.

나목 사이

짓 푸르른 잎 모두 떠나보내고
앙상한 가지에 바람이 스치고
한겨울 찬 기운 눈보라 모두 견뎌내어
강인한 자태 뽐내고

그 사이 저녁 해 하늘 속 까지 붉게 물들이며
황홀한 빛깔 곱게 엮어내니 바라보는
이내 마음도 빨려들어 아름답고 귀한 마음 되어
가지 사이에 걸리 네

마지막 아름다움을 장식하는 저녁 해는
나목의 가지에게 무엇을 속삭였을까
무엇을 올려놓았을까
강바람에 날리는 갈매기 울음소리

떼지어 보금자리 찾는 기러기 떼
그들의 사랑얘기를 전해주었을까
강변의 연인들의 뜨거운 숨소리를
올려놓았을까

나목가지 사이로 지는 해의 여운은

인내와 자비 고운 마음 고마운 마음
모두 품어 안고 하루를 마감하며
내일을 꿈꾸는 또 다른 희망 속에 묻힌다.

만남

차량 밤바 입맞춤 받아 찌그러지고
소나무복원센타 대표 옷깃의 검댕이
바람개비 되어 더욱 분주하고

한낮을 들복는 염천에 아이의 울음도
메아리도 없고
오랜만에 마주한 옛 벗의 찻잔 속에
함께한 살 냄새
구름 되어 떠돌고

소낙비라도 한줄기 이 열기 씻기우면
견우직녀 된 우정도
해묵고 곰삭은 된장 맛 되어 가슴과 가슴
깊숙이
파고들고 나르며 엮고 또 엮는다.

설빔

해가 뜨고 지고 사철이 어김없으니
또 한해의 설날이 사위를 채우고
흩어지는 샛바람을 뒤로하고
설빔에 분주 하구나

사람은 수많은 생의 초입 날에
나름의 기원을 하고
동식물은 새싹 틔우고 새 힘 기르기에
온갖 정성을 쏟아가고

건강호신健康護身 인내무우忍耐無憂로써
부귀영화와 나눔의 보람으로
세월을 엮으며
기다리는 미덕을 순종으로 받아들이고
한 아름 가득히 새날의 영혼을 닦으리.

생강나무 꽃

아리고 쓰고 달고 가지에 열린 노랑꽃
새봄의 전령으로 매봉산 기슭으로
달려왔네
보내버린 청춘이라도 훔쳐 둘러메고
왔는지 싱싱함이 그지없네

남아있는 세월 복음 속에 싸이도록
기리며
고운마음으로 봄볕에 기대어 산마루
넘어넘어 뛰고 또 달린다

무엇을 남길 수 있을까 빛일까 그림자 일까
알든 모르든 할 수 있는 만큼이라도
남길 수만 있다면 그것이 속세를 가벼이
이별 할 수 있는 멋진 보람일 진데

노랑물감 진하고 이쁘게 입은 생강나무 꽃과
곱고도 곱게 연분홍 화장을 한 진달래 꽃
그늘에 서서 남아있을 인생의 여정을
그리고 색깔 입히고 노래해 본다.

슈퍼보름달

유유히 흘러가는 아리수
한강
대교 난간에 또 한해의 한가위가
걸리고
분주히 달리는 차량의 불빛 속에
까까머리 백발 되어
더욱 빛나는
이 한 밤
저 높이 슈퍼보름달은 이네 가슴속에
아스라한 추억과 함께 남아있는
우리의 삶에
여한이 없도록 보살피리니.

하늘공원

봄볕 바람 끝에 얹혀 날고 청명한 기운이
서리어 흐르니
하늘에 닿아 하늘공원인가

인간이 쓰다버린 잡동사니 모아모아 산이
되었고
구린내 등천하든 그날을 뒤로하고
풀잎과 수목이 울창한 생명의 숲과 생태의 터를
이루었구나

억새가 울창하여 으악새로 합창하고
꿩과 산새가 보금자리 틀어 저네들의 세상을
노래할 제
사람들은 축제의장을 열고 지난날의 노고와
자연의 숭고함을 기리 네

멀리 바라보이는 북한산 남산 관악산과
가까이 자리한 인왕산 안산
서울하늘을 감싸 지키고
그 속의 삶의 터전을 이루는 뭇 생명들을
보듬어 살피고 있구나

간담상조肝膽相照라 했나 오랜만에 이곳에 오르니
시원한 바람결에 묻어오는
벗의 향기가 그윽하고
코로나에 묶인 세상 속에 더욱 그리움과
안타까움이 묻어나고 새로워지네.

월악 송계

밤비가 스치고 지나간 골짜기
붉디붉은 치맛자락 팔랑이는 속에
새악씨 곱고도 요염한 자태를
뽐내고

산사의 풍경소리 송계 계곡물에
스며들어
원색으로 단장한 상기된 선인들의
가슴을 적시고
이쪽저쪽 힘차게 버티고 서서
세상을 굽어보는 암 바위

만고의 세월 동안 드높은 기상을
굳세게 지켜온 이 땅의 모든 넋과 숨결
정념을 불사를 때
한없이 밀려오는 그리움과 사랑 영험을
쫓아 굽이굽이 맴돌아
월악의 영봉에 뜨겁게 자리한다.

그림의 정원

석모도 삼산 아늑한 보금자리
여기에 아름답고 정겨운
꽃님이 자리 잡으니

아기자기한 정원에 온갖 화초가
향기를 뽐내고
근면한 살림살이 도처에 숨어있네

그림 같은 정원과 삶의 진미는
언제나 굳건히 생동하고
그리움에 젖을 때 이곳을 찾아

힐링의 한 자락 펼쳐 쓰다듬고
언제나 편안한 나날을
한 아름 가득히 안아들어 봄이 어떠리.

노을공원

난지도 서울의 귀퉁이 강바람에
씻기우면서
서울사람 쓰다버린
잡동사니
품어 안고 산이 되어 거듭나니

세월의 변천에 따라 초목을 품고
짙푸른 잔디밭을 머리에 이고
삶에 분주함 속의 여가와 스포츠의
요람이 되어

산새와 까치 그 울음도 청아하여
고단한 세월의 그으름을 뒤로하고
무딘 발걸음이나마 쉬어가니
또 하나의 쉼터로 자리 잡고

한강다리 너머 서산의 노을에 감싸여
환상의 그림을 그리니 그 이름
노을공원이라 하였나
천상의 노래 속에 생의 참 미를 맛보며
또 하루를 쉬어간다.

박꽃

어스름이 내려앉을 즈음 초가지붕 위
청초한 자태 드러내고 곱고 고운 미소
한껏 자랑하니

정겹고 풋내 나는 순수한 우리네 마음
품어 보듬고
마당 한가운데 멍석 위 올망졸망
하루를 넘기는 삶들을 굽어 살피네

홍두깨 분주히 구르고 울타리 애호박
입맛을 돋우며 햇댓보 위 수탉 장한
울음을 뽐낼 때

수많은 사연 감싸 안고 순백의 고귀한
품성 고이고이 풀어내며
뭇 사랑을 나누며 베풀며 박꽃 같은 님
언제나 꿋꿋이 제 자리에서 안마당을
보살피고 지킨다.

삼년이 되는 날

바람은 하늘과 땅 물 모두를 거느리며
세상 어느 곳이라도 닿아
이야기도 풀고 듣고 감싸 안으며
있다가도 없어지고 또 불현듯 나타난다

새싹이 돋는 가 싶더니 무성한 잎에
꽃잎이 벌 나비 부르고 어느새 낙엽이
뒹군다

그러길 몇 해였든가 생사의 기로에서
기도로 하루 1년을 버티던 서럽던 나날들
지푸라기라도 잡는 심정이 벌써 3년을
지나게 되었다

이제 안심의 단계에 들어서고 있다니
푸르러지는 하늘이 더욱 푸르러 보이고
엷고 애달프던 마음이 한스러워짐은
인지상정인가

삼년 고개의 움켜쥔 갈퀴에 조금은 힘을
줄이며

세월의 여울에 시원히 발을 씻고
폭풍 훈풍 미풍 숱한 바람의 자락과
얼싸안고
켜켜이 쌓인 시름 풀어본다.

송정리 1

태백준령 구비구비 힘차게 뻗어 내린
그 자락에 망망 창해를 앞에 둔
송정리는

소리 없이 작열하는 태양을 이고
세차게 불어대는 바닷바람에 온 몸을
맡기고

아흔아홉 구비 가파른 대관령
멋들어지게 뚫어낸
여덟 개 굴

그 길로 밀려밀려 힘겹게 찾아온
무수한 이방인들을
다소곳이 보듬고 있고

옆에 낀 청정 남대천은
세파의
젖줄인 양 오늘도 쉬임 없이 흘러
아늑함을 더하네.

송정리 2

14층
다락같은 친구네 관사에
고단하게 뉘인 육신에

밤바다를 밝히는 오징어 고깃배
휘황 찬 불빛도
사바세계의 숱한 고뇌를 끌어안은 듯한
끝없는 파도도
모두모두 저며 들게 하고

금모래 덮어쓰고 고무주부에 의지하고
바나나 보트에 올라타
파도를 가르며 짜릿한 스릴을 즐기고

파도 타는 솜씨를 뽐내며
한껏 들뜬
인파들을 시원스레 씻어주고

솔향기 그윽함도 비릿한 소금 내음도
진동하는 전투기의 굉음도
발목 잡는 해변의 철조망도

한 아름 가득히 간직한 채 오늘도
송정리는
포근히 녹이고 감싸 안아 드네.

강릉 송정리의 여유

님의 발자취는 영원히 1

강바람
낙동강 변 모래벌을 흩날리는 어느 해 이른 봄
우리는 새싹의 물줌을 조련하는
문턱을 두드렸지

그리고 배우고 알았지
오르간의 건반을 캔버스 붓끝을
발끝, 손끝의 율동을 또 돌탑과의 대화 방법을

그러나 세상의 변천은 더러는 그런 방법들에게서
일찍이 멀어지게도 하였지만
님은
30여년 그 긴 세월을 묵묵히 지키고
가꾸고 보살펴 왔네

그 많은 세월의 여울 속에 님의 발자국 손자국
이르는 곳곳에서 이 나라 동량들은
철들고 자랐고 배웠네
새로이 눈을 들고 돌아보세
그들이 재잘거리는 소리 다투는 소리 뛰는 모습
힘차게 소리치는 함성을

아!

얼마나 자랑스러운 가

그런 그들의 박수 속에 외경 속에 또 그리워하는
속에서

그토록 많고 그토록 다양하든 숱한

교정의 파노라마를 고요하고 편안한 마음으로

바라보고 감상 할 수 있게 되었네.

님의 발자취는 영원히 2

아쉬움과 미련은 이 세상 어느 곳에서도 없지
않으리니
이제 모든 상념을 떨쳐 버리고 희끗해지는
머리와 함께 찾아오는 남은 세월의 나날들을

새롭게 일구고 다져 영원한 사표의 안마당을
더 예쁘게 가꾸어
님의 품에 있든 수많은 동량들이
다시 어리광을 부리도록 해야지 않겠는 가

허지만
못내 한 구석 어디엔가 커다란 허전함이 있음은
아마도 보기도 찾기도 얻기도
힘든 그런 스승을 보내는
우리 모두의 아쉬움이 아닐는지

어얼음장 밑으로 흐르는 봄이 오는 소리를
들으며
여름방학 매미소리 겨울방학 찬바람소리
그 모두를
매일의 방학 속에서 늘 들으실 님의 앞에

붉은 장미 한 다발을 바치며 박수치는
그 축복의 함성에 올라 홀가분히 떠나가는
앞날 마다마다에 언제나 강건한 아름다움을
그리고 기원하면서
님이시어!
행복 행복 하소서.

동문수학 선생님의 퇴임을 축하하면서

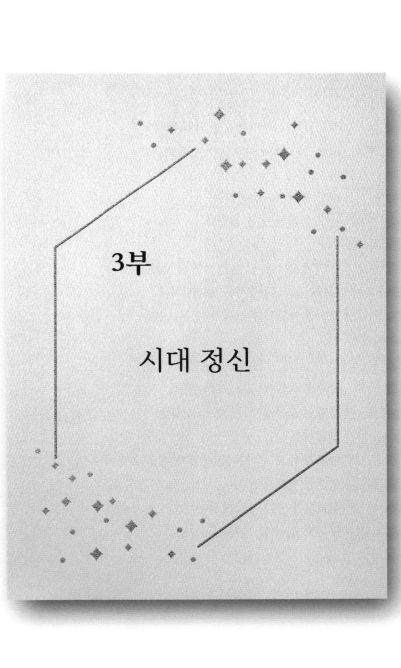

3부

시대 정신

헛개비

밤이었든가 아이울음은 아직 인데
걸음마다 참이 무엇인가
속삭여 본다
사탕 한 묶음 던져 놓고
빙그레 허튼 웃음 흘린다

바람에 얹혀온 말의 성찬에 울 아비
목메이고 헛되이 생을 잃어버리니
오히려 애완견의 신세가 더 돋보이는
지도

사갈의 속임에 헛디딘 발걸음에
원망이 소용돌이 칠 때 높고 깊은
산골짜기
망태기 메고 산야초 입에 물고 이슬 모아
영혼을 달랜다
휘이휘이 굴레야 굴레야
구르고 또 구를 지어라.

배려

하늘이 어둠에 싸이니 백설이
분분하고
찬바람 이는 곳에 따사함을 찾으니
어디에 보금자리 있으랴

갈바람 스쳐가니 한기가 온 누리에
가득하고
찬바람 지나가면 따뜻한 봄기운이
대지를 덮으리

차가움을 덮으며 낙엽은 대지를
감싸 안고 백설은 다음의 새싹을
배려하니 삼 라의 톱니바퀴는
언제나 제 역할에 분주할진데

가진 자 못가진자 잡은 자 못 잡은 자
모두가 서로를 베개삼아
오늘도 내일도 만사가 편안해 지는
그날은 언제가 될런가.

눈치

뛰어 오른다 강물을 박차고 유유히 흐르며
강물의 깊이를 갈음하고 떼지어
강 속을 휘어잡는다

달리는 수상젯트스키의 물보라가 못내
못마땅한지 꼬리를 모아 휘두른다
조용한 물길 질과 솟구쳐 오르는
즐거움을 방해 받은 화풀이로

눈치라도 있어야 동냥밥이라도 제대로
얻는다 했든가
우리는 늘 상 여러 눈치 속에 둘러싸이고
재빠른 눈치로 삶을 살아가는지도 모른다

어느 시절이나 눈치가 없으면 될 일도
얻을 것도 놓치고 허망함을 맛 볼 것이니
바람이 일고 먹구름 밀려오면 폭우가
있음을 강가의 개구리도 강 속의 눈치도
눈치로 때린다

석양에 아롱지는 에메랄드 같은 저

강 물결을 등지고 강 속의 눈치도
어버이도 자식도 이웃도
세상을 잡을려는 뭇 군상들도 눈치껏
살피고
눈치라도 있고 또 눈치 안보는 그런 세상
기림은
부질없는 세상살이인가.

별 그림자

소백의 능선 청량한 밤바람 치마 자락을
감싸고
청명한 밤하늘에 별들이 무리지어
흐르니
그 아래 시름도 상념도 묻어두고
이 늦은 저녁 해묵은 감성을 찾아
떠돌고 떠돈다

수많은 저 별자리 그 속에 내 별자리는
어드메 있는지
헤아려 보고 찾아보고 그려 본다
본디 인간은 누구나 하나의 별자리는
타고 난다고 하였지 않았나

군계일학群鷄一鶴도 구우일모九牛一毛도 모두
타고난
운명 속에 처한 존재일 뿐인데
세월이 흐르면 지나는 바람 같이 스르르
사라져 버릴 티끌 같건만

아웅다웅 도토리 키 재는 실랑이가

만인의 가슴 속에 허전함과 쓰라림을
남기고 있으니 애달픈 심정 가이없고
언제나 내 별자리에 올라 가슴 펴고
시원한 만 날에 편안한 인생을 노래하고
춤 출 수 있을런가.

소인배

돼지는 꿀꿀 개는 멍멍 닭은 꼬끼오
송아지는 음매 말은 히잉 호랑이는 어흥
모두 각자의 소리를 냄으로써 존재를
알리고 그에 맞는 삶을 살아간다

여기에 동물이면서 동물이 아닌 사람이 있다
그러면 사람은 어떤 가
유독 신이 부여한
특권에 의해 사람의 소리는 다양하고
독특하고 사람마다 다 다르다

그러므로 사람이 사는 세상은 모든 소리가
엉키고 엉켜 언제나 시끄럽다
벼락은 하늘에서 불을 뿜어내고
소리치고 천지를 때리며 때론 불 태운다

사람의 소리가 자기만의 소리가 아니고
모든 사람을 이롭게 하고 편안하고 발전되게
할 때
진정한 사람의 소리이다
그러나 어떤 가 소인배는 천둥 같은 소리로

사람을 놀래키고 제 잘난 소리만으로
다른 사람을 현혹하고 못 살게 군다

지금의 세상은 제 잘난 멋에 소인배 소리로
들끓고 있다
언제나 이런 소인배 소리를 잠재우고
번개치고 천둥치는 그런 아수라장에서
벗어 날른지.

충의정

봄볕 따사로운 산성 느티나무는 정상의
정기를 받고 무수한 세월을 벗하며
충의정 마당에 의연히 뿌리 내어
수백 년 전 그날의 아우성을 기억하고

탁상공론에 인재 등용도 나라지킴도
등한 시 함에 백성만 도탄에 허덕이고
목숨마저 부지하지 못하였으니

그래도 나라 지키는 용맹이 후대에
이어지니 근면한 민족은 빈곤과
멸시에서 벗어나 자립을 넘어 섰네

시절이 하 수상하니 올동말동 노래하든
선열의 의기가 산성 충의정 나라 안밖에
살아 숨 쉬고 빨리빨리의 함성으로
거듭났으나

이 시대 세상을 움켜진 무리들은 피땀
속에 쌓여진 금자탑에 섣부른 공정과
적폐의 잣대로만 들이대며 외치고

포퓰리즘에 몰두하여 즐기니

보리 고개 헐벗음을 의연히 벗어났음은
스스로 각고의 인내와 고난을 이겨낸
너와 나 나름의 능력에 따름일 진데

국가경제 도약 양질의 일자리 창출
경쟁 속에 스스로 일어섬은 외면하고
가진 자에 대가없는 증세와 서투른
분배로

새로운 번영과 아름다운 강산과 인심이
왜곡됨에 산성을 지키는 고목들은
온몸을 감싸 도는 비바람과
북풍한설에 설움만 더 하는구나.

생태탕

명태는 생태 동태 북어 황태 노가리 코다리
그 이름만큼이나 우리에게 익숙하다
연근해 바다에 흔하디흔했고
서민들의 입맛을 돋우고 값싼 반찬이고 안주였고

어부와 서민의 밑천이 되고 살림의 주역 이었다
그러나 지금은 수만리 이역 바다에서 잡아오고
귀한 대접을 받는다

명태는 탕으로도 유명하다 생태탕 동태탕 알탕
내장탕
또 젓갈로도 명란젓 창난젓
종류도 다양이 우리의 입맛을
돋운다

허지만 세월의 변천에 따라 명태탕에 구라탕이
새로 생긴 것 같다
꼬임인지 진실인지 알 수는 없지만 이 시대에
생태탕집이 각광을 받으니
새삼 알 수 없는 게 세상인
모양이다

바닷바람 거세고 파도 드높아도 뱃머리 부여잡고
생과 삶을 위해 거짓 꾸밈없이
살아온
백의민족은 나와 자손을 위해 한없는 충정을
드높이고 이어 왔으니

불의와 속임수에 분연히 일어나 짙푸른 저 바다와
아름다운 이 강산
자유와 참된 공정 능력에 따른 당당한 경쟁이
자리하도록
끝없이 날아오르는 저 갈매기 소리에 실어
기원하여 본다.

불꽃

아궁이에도 들판에도 산기슭에도 알게 모르게
피어나고 거침이 없다
불은 생명체에 새 환경과 적응을 가르치고
타오르고 사라진다

불을 잘 다루는 자가 문명을 선도하지
않았는가
자연에도 문명의 이기에도 여러 형태의
불이 있다

사람의 내실에도 정열의 불이 있다
그 불을 정성껏 활활 태우는 자만이
근검치부勤儉致富하고 나태물빈懶怠勿貧 할 수 있다
알면서도 못하는 것이 인간의 한계다

산봉우리에 오른 자 만이 정복의 기쁨을
맛 본다
젊을수록 정상 정복의 꿈을 키우고 실천하여야
한다
빈손으로 가는 인생이지만 살아생전에 근검의
삶을 알아 실천하고

나태를 몰아내어 도리의 물결을 일으켜야 한다

오늘도 내일도 활활 타오르는 불꽃 그들을
벗하며
세상의 이치에 어울리는 생활의 지혜와 투지가
우리를 감싸 몰아야 하지 않을까.

평형

저울의 눈금은 시작과 끝에도 있다
눈금은 넘어서도 밟아서도 안될 때가 있다
그것을 아는 자도 모르는 자도 있다

하늘은 높고 땅은 넓고 바다는 깊다
땅의 흙은 언제나 대화한다
그것을 묻힌 자도 털어내는 자와도
물은 흐른다 모두를 적시며
바르게 때론 굽이치며 속삭이며 흐른다

바람은 모두를 감싸고 살린다 숨도 주고
모든 생명의 원천이 되며 고루고루 똑같이 나눈다
어떤 모습으로 무슨 생각을 하고 나타 날까
서로서로 손잡고 말하며

사람은 그것을 알까 만물 속에 하나의 미물에
불과한 것을
인간사 종국에는 한줌의 흙이 됨을 외면한 채
독단과 아집에 얽매이며 고집 속에
평정을 잃는다

만인이 평안하며 평등함에 춤추고 스스로 가꾸고
자유로운 삶에 묻히도록 하여야 함을 잊은 채
이 땅에 평화가 오고 억울하다는 몸부림이
없도록 평형을 심어야한다.

소의 뒷걸음

허리는 모든 것의 중심이다 허리가 부실하면
서기도 눕기도 힘들다
그 허리에 근력이 붙고 힘이 솟게 함은 만사의
근본일 것이다

그것을 소홀히 하고 약하게 함은 아래위
모두를 부실하게 만든다
세상의 모든 생물은 서로 능력에 따라
경쟁하면서 자신의 존재 가치를 높인다

경쟁에 따른 결과는 다르다 다른 만큼에
누리는 것도 다르다 그럼을 외면하고
수탈하여 베품에만 몰두한다면 모두가
지리멸렬하게 된다

알면서도 저네들 영달만을 꾀한다면
만고에 죄악을 범하게 되고 소 뒷걸음에 쥐
잡는 다는
그런 것에도 못 미치는 우매한 집단일 것이다

기회는 평등하되 능력에 맞는 일자리 갖도록 하고

자유로운 삶과 그에 어울리는 가치를 갖도록
소 뒷걸음과 같은 횡재를 기다리게 하는
졸렬함은 없어야 할 것이다.

아픔

흐름에는 그 무엇도 다름이 없다
바람도 물도 구름도 세월도
우리를 아프게 하는 역병도
그 흐름에 휩쓸리면 만물의 영장인 인간도
자연의 섭리에 맡길 수밖에 없다

아파보지 않고는 아픔을 가름할 수 없고
아프지 않을 때는 아픔을 생각하지
않는다
누구나 다 아는 진리를 우리는 늘
외면해 오지 않았나

돌개바람이 일었나 그 속에 싸였나
물속에 빠졌나 구름에 얹혀 떠 다녔나
생각이 꼬리를 문다 그 누가 있어
이 아픔을 치유해 줄 수 있나
나뭇가지 인가 돌멩이 인가

알몸으로 태어난 인간은 원래 자유롭다
세상이 굴레를 씌워 온갖 테두리 속에서
뒹굴고 있지 않는가

그 테두리를 쥐고 있는 부류들의
성찰과 현명과 자유를 보존하는
번개와 천둥소리가 있어야 하지
않는가.

후회

만물은 모두 태어남으로써 삶을 살아간다
씨앗으로 알로 뱃속에서 나름의 생명을 얻어
세상을 만든다

축복을 받거나 버림을 받거나
주어진 환경의 적응 정도에 따라 천태만상이다
낙원을 찾을 수도 생명을 잃을 수도

그 중에서도 사람은 모든 것을 지배 한다
구할 수도 얻을 수도 빼앗을 수도
즐겁고 슬프고 힘들고 편안함도

모두 자신에게 달려 있음을 알면서도
이루지 못하고 세월을 허비 한다
세월은 돌이킬 수 없다
흐르는 저 강물 다시 제자리에 오지 않는다

늙고 병들 때 젊음의 날들을 회상한들 무엇 하리
젊음일수록 오늘을 소중하게 여겨야 하지 않는가
백발이 되어도 오늘에 최선을 다함이
한줌의 흙이 될 때 후회가 없을 것이다.

은총

별도 달도 자리를 오가며 까마득한
옛날의 기억도
오늘날의 수많은 일들도 나누고 보태며
한낮의 태양에게 넌지시 넘겨주니

온 세상에 자리한 창생은 그 찬란한 빛을
한 아름 부둥켜안고
창생의 뜨거운 불길마저 삼키며
복된 날들이 있었음도 있을 것임도
새삼 새기며
감사의 춤사위 이뤄내고

꿈꾸며 기다리는 은총은 어디에서
자리하고 있는지
샘 없이 사랑과 나눔 어려움을 벗하는
그들의 앞섶에 고스란히 남겨져
바다 깊숙이 감춰지는 조각들을 찾아
쉼 없이 젖어들고 함께하고 있지 않을까.

창

창은 여러 곳에 있다 거실에도 내실에도
창고에도
온갖 건물에 모두 창을 달고 있다
밖과 안을 엿볼 수 있도록 한다
또 바람도 내보내고 맞는다

그 창은 수동적이다 창에는 가리개도 있다
가리개를 닫으면 안과 밖은 불통 한다

사람에게도 마음의 창이 있다
마음의 창은 오직 자신만이 열고 닫을 수 있고
볼 수 있는 자의의 창이다
그 창은 마음과 바램의 여하에 따라
모양도 가지가지이다

아름다움도 미움도 사랑도 이해도 참도 거짓도
먹은 마음에 따라 창에 비치는 가지 수도
수만 가지이다
그 중에서도 행인무적行人無敵 후덕유린厚德有隣
행함에 있어 아무 거리낌이 없고 덕스런 마음으로
이웃을 대하고 편하게 하여야 한다는

마음가짐이다

요즘 세태는 어떠한 가 세상은 첨단이지만
사람의 마음은 자신만의 생각과 이득을 쫓기에
분주하고
거짓말과 이치에 닿지 않는 막말도하고
바람에도 좌우되어 참됨도 없어진다

마음의 창은 스스로 들여다 볼 때
한 점의 부끄러움도 없어야 할 것이다
고금의 진리이다
언제나 떳떳하고 당당한 마음의 창을 열고
닫고
가리개도 없애고 바람에 흔들리지 않고
행인무적 후덕유린 할 수 있게 될른지.

집착

하늘과 땅은 세상을 반분하고 억조창생을 품으며
제자리에 매김하며 어긋남이 없으니 만고 진리의
근본이리라

또한 그 속에서 삶을 영위하는 만물은
그 생태에 따라 모습과 모양을 달리하며
어둠을 몰고 오고 빛을 밝히기도 한다

구름은 모였다가도 흩어지고 바람은 불어 다니다가도
그친다
산야의 동식물과 물줄기는 언제나
제 갈 길을 찾아 살아가고 흘러가지만

유독 그 속에서 생의 한 자락을 차지한
생각과 말을 하는 인간은 이 궁리 저 궁리
이득에 좌우되고 정리와 공명 야망에 집착하여
정과 사를 구분 못하니

사람의 사이사이에 다툼이 따르고
진정한 공정 형평이 안주치 못하며
모리배가 활개 치는지 모른다

모두가 도덕군자이지는 아닐지라도
순리에 따라 하늘과 땅의 이치를 쫓아
세상을 어지럽히는 집착을 버림이
자유롭고 공평한 이 나라 이 사회를 공고히 함에
올바른 그 길이지 않겠는가.

이룸

아침에 동녘을 찬란히 비추며 떠오른 하루해는
몇 억겁 동안 변함없이
세상 만물에 숨결을 불어 넣고 살고 죽음에 이르도록
한 치의 빈틈이 없고

그 아래 바람도 비구름도 밤새우는 이슬도
저마다 할 수 있는 일들을 어김없이 산천초목에
덮고 뿌리며 감싸 안으며 수많은 이야기
들려주고

그들의 힘과 기를 받은 싱싱한 풀잎도 꽃잎도
나뭇가지도 산야를 주름잡는 갖가지 생물도
서로의 삶을 보듬으며 그들의 생을 엮고 가꾸며
이루고

그들을 아우르는 영장이라는 복을 받은 인간들도
아름다움 보람스러움 때론 거칠고 볼썽사나운
세상살이 엮어가고
크고 작고 인생의 참맛을 또 후회의 굴레를
나름대로 풍기고 남기고 흩어 버리고

마지막 꽃잎의 향기를 풀잎의 내음을 나뭇가지의
손짓을 벗하며 새겨듣고
자연의 순리를 이룸이 진정한 티끌 같은 한세상을
멋지고 빛나게 곱디곱게 만들고 찬미하고
한 세상의 존재 가치를 뽐내는 것은 아닌 가
스스로 자위하여야 할 것이니.

외길과 쌍방

길은 외길도 있고 여러 갈래 길도 있다
또 멀고도 가깝다
만물은 각기 가는 길이 있다
스스로 택하기도 하고 억지 춘향도 있다
식물은 제 자리 이고 동물은 움직이며
살아간다

특히 사람은 생각하며 살아가고 자의든 타의든
의지에 따라
길을 간다 그만큼 그 길은 많고 많다
사랑도 일방과 쌍방이 있다
일방은 언제나 괴롭고 외롭다

우리는 오고가고 소통과 정도의 길을 걸어야
한다
고집불통과 짝사랑은 세상과 자신을 힘들게 한다
소통과 정도를 알고서야 행복과 열정이
샘 솟는다

도리를 다하고 헌신할 때 사랑도 얻고
정도와 지름길을 찾을 수 있다

그럼에 돌아가는 아쉬움과 쓴맛을 맛보지
않을 수 있다
모두들 외길과 쌍방을 깊이 헤아리고 찾음에
더욱 노력이 필요한 세월이다.

10월 상달

하늘이 열리니 만물이 솟아나고 만물 속에
인걸도 태어나니
세상의 모든 이치가 어우러지고 맑은 물 흐르게 되니
세상천지가 깨끗함에 이르도다

이곳에 찬란한 기운이 샘 솟듯하고 우리네 삶 또한
어지러움 없이
곧고 곱게 잉태되어 그 얼굴이 더욱 아름답게
여물어 갈 것이니
이 어찌 즐거운 날들이 아니겠는가

세상 만물 익어가고 하늘은 높고 푸르고
바람은 서늘하니
인생사 또한 영글어 감에 만사에 감사하고
걷어 들인 열매에 애틋함이 새로워지는 구나

하늘에 감사하고 오늘의 삶이 더더욱 기쁨에
겨워 지도록 깊이 머리 숙여
인내의 정성을
이 상달에 올려 새삼 씩씩하고 건강하도록
기원해 봄이 마땅한 일이 되어야 할지니.

갈바람

낙엽이 한가득 흘러가니 바람이 일었나
어디엔가 매어두었던 기억을 쫓으며
송알송알 주렁주렁 엮어진 나래를
모아
훨훨 날아올랐든가

만추의 햇볕은 갈바람을 뚫으며
강물 그 속에 가라앉고
한여름의
용광로 같던 뙤약볕의 열정을 노래하고

멀어져가는 빈손 길손의 발걸음인양
갈바람 스산해지는 마음
품어 안고
어설퍼진 지난 청춘의 숨 막히든 잔해를
묻고 또 묻는구나.

생

차가운 대지에 밤의 여울이 자리하니
나목의 가지위에 바람이 얹혀
옛날 옛적의 불 꽃 같든 삶의 쾌적을
다시 그려 본다

낙수 물이 바위를 뚫고 쥐구멍이 방천을
무너뜨리니 준비 덜된 청춘은 노년을
더욱 쓸쓸하고 허망하게 만들고

한 짐 무겁도록 실은 마차는 그 자욱도
깊으나 갈잎같이 가벼운 세월은
무엇을 남길 수 있나

알면서도 하지 못하는 못난 삶들이
들판 골짜기 대로 곳곳에 웅크리나
쏜 살 같은 세월에 허둥거릴 뿐이다.

힘

힘力은 어디에 있을까 아마도 만물 모든 곳에
존재할 것이다 쓸 줄도 알고 또 모르고 쓰고
쓸 수도 없고 가지 각양일 것이다

그 중에서도 힘을 가장 잘 가지고 쓰는 존재는
인간이다 힘은 가지는 것도 여러 형태다
많이 가질 수도 없을 수도 있다

힘은 자신이 또 다른 사람에게서 법과 규범
사회에서 만들고 받는다
인간은 사회적 존재다 그러므로 주어진 힘이
오로지 자신만의 것은 아닌 것이다

그런대도 그 힘을 자신의 고유 물 인양 끼리끼리
패거리를 지어 멋대로 왜곡하고 편취하고
남용하고 지배수단으로 사용하기도 한다

사회에서 얻은 그 힘이 제대로 사용되고
올 곧게 이 사회에 되돌려지고 정의로운 힘이
언제나 자리하기를 기원하고 기대함은 부질없는
것인가.

낙엽을 밟고

세월은 어김없이 만물을 이끌고 계절 또한
어김없이 제 자리에 매김하고
제 몫을 다한 이파리 옷을 갈아입더니
한 몸을 던지 네

바람이 일어 떨어진 낙엽을 휩쓸어 가고
낙엽을 안아든 골짜기는 서슴없이 묻어두고
찬바람 일어 날 때 따뜻하고 훈훈한 날들의
바탕으로 삼는다

흩어지는 낙엽을 보며 세상 윤회의 진리를 셈하며
그 안의 나약한 인간은
모든 번뇌를 새삼 삭이려 하고 갈등 속에
아물지 않는
상처마저 용서로서 마무리 하려 하고 있네

떨어진 낙엽은 그네를 흩어버리는 바람을
용서하고
바람은 그 길을 막는 절벽마저 용서하고
춥고 덥고
시샘하는 모든 상념을 잊으려 애쓸 때

쌓이고 흩어지는 낙엽을 밟으며 용서와 거둠의
참맛을 곱씹고
새로운 굴레 멋진 삶의 환희를 꿈꾼다.

신축 년 여명을 기다리며

어둠의 터널 깊숙한 곳에 자리한
또 한해의 자락이 감추어져 가고
새로운 빛을 기다리는 마음속에
희망의 새날을 염원 한다

고단했던 날도 그래도 삶의 진가를
찾았던 날도 마의 그늘을 벗어날려는
몸부림도
아쉬움 속에 저물어 가는
그믐해의 옷깃에 묻혀 사라진다

밝아오는 새로운 한해는 저 우직한
우서방의
우렁차고 힘찬 기운과 함께
우리네 삶의 터전에 굳건히 자리하고

세상을 옥죄는 모든 음험의 기운을
몰아내어 편안히 숨 쉬고 활개 칠 수 있는
새날이 되기를 굳세게 믿으며
신축 새해가 열림을 기리며 맞이한다.

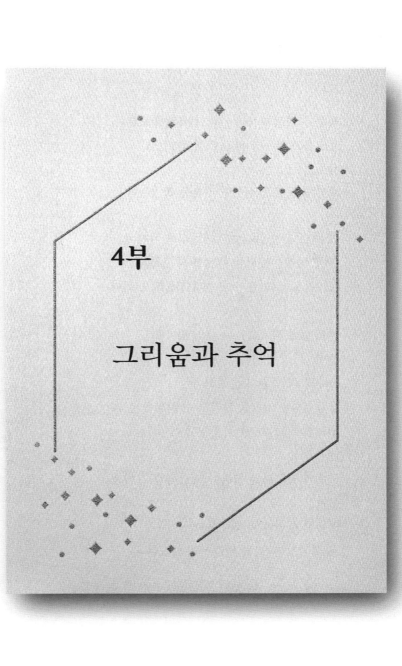

4부

그리움과 추억

영혼이여

하늘은 파랗다 짙푸르다 언덕위에 오른다
무엇을 보았는가 저만치 뛰어가는
세월을 보았는가
파랗게 물들고 싱싱한 영혼을 쫓았는가

그 어린 시절 곱디고운 어머니의 이마에
아롱 새겨진 빛나는 광채를 떠 올린다
보고픔도 품고 품안에 안겨 뒹굴고도 싶다

밤하늘에 뛰어오르는 삶의 정기를
쫓아
그대와 내 영혼이 분주하다
금상첨화錦上添花를 그리고 이루지 못한
권토중래捲土重來를 꿈꾸었나

모두의 아름다운 영혼이 파란하늘 가에서
모여
영롱한 불빛 되어 피어올라
온 세상 밝디 밝게 비추기를 기다린다.

정인

달빛 서산마루 솔숲 가장자리 감쌀
때
밤이슬 벗하며 떠나보낸 그날의
상념을 곱씹으며 산풀 내음에
심신을 맡기고

마음과 마음을 이어온 드렁칡 같은
회한에 잊혀진 정담이
골짜기 가득 채우며 한줄기 운무 속에
꽃잎 되어
흩어질 적

보고픔 그리움 연잎에 흐르는 방울 되어
저녁바람에 얹혀 차돌무더기
같은
그님의 창가를 두드리고 열어보고
안기어 보고자
이 밤의 앞자락에 살포시 타고 오르며
보듬는다.

등

등 넘어 산촌 오솔길에는 곱디고운 사랑의
발걸음이 남아있고
밭고랑이 논갈이 쇠등에는 소삼정이
입혀지고

어버이 잔등에는 곤궁한 살림에 자식사랑
부모 공경 힘들고도 장한 버팀목이
꿋꿋이 얹혀있고

등짐장수 찾아오는 동네마다 새 소식과 방물이
따라붙으니
잔칫날이 따로 없었네

사람의 등도 서로 어루만져주고 긁어 줄 때
정감이 솟아오르고
때론 등긁이로 대신함에 아쉬움이 덜어지고
아픔도 감출 수 있네

등잔불 밑은 어둡기도 하지만 그 불빛에
세상을 알고 지혜를 익히고 어둠을 밝히고
그릇되고 오만함도 들어내어

정의로움을 살려내고

등에는 힘셈도 있으나 가시도 있으니
힘셈도 자랑 말고 가시에 찔림도 가려내어
세상살이 공평하고
아름답게 가꿈에 보람이 자리한다.

세월을 딛고

수많은 낮과 밤 별 과 달은 언제나
제자리를 돌았지만
우리네 삶은 고비 고비 엉켰다 풀렸다 때론
다람쥐 채 바퀴 돌듯 했고

그래도 쉼 없이 달려와 종심을 넘겨
팔순에 이르러 가고
감나무 꼭대기의 까치밥 모양
남은 생의 나머지를 세월에 맡긴다

고향산천 냇가엔 지금도 피라미 떼는
떼 서리로 모여들고 양지바른 여울
언덕바지엔
버들가지 그 자리에 흐드러지고
돌미나리 냉이 철따라 피어나겠지

까까머리 몰려다니고 어머님 품안에서
세상의 이치 깨달으며 청운의 꿈을 그려 본 게
엊그제만 같은데
말없이 흐르는 저 강물같이 굽이굽이
맴돌아 왔구나

이제 밤송이 같던 까칠한 세월도 모과 같던
시큼한 내음도 산딸기 같던 달콤함도
훌훌 털어 버리고
생과 사 삶의 여백에 오래도록 무탈하게
그려 넣어
아름답게 걸어 보자꾸나.

흔적

남기고 싶은 마음속에 허공을 맴도는
허상을 쫓아 그리도 목메어 뛰고 또
뛰었든가

이루고 또 이루고자 하는 마음에
몇 밤을 지새우며 애달파 목 놓아
울부짖으며
몸부림에 한 몸을 맡기고

바람도 구름도 빗줄기도 세월 속에 뒹굴며
덜 채워진 구석구석에 자리하고 떠나가고
흔적마저도 지워 버렸었구나

그러니 어찌 하올까 이루지 못함에
지워버려진 흔적에 묶여
삶의 진미를 욕되게 할 수는 없지 않은가

거센 파도도 잔잔한 호수도 덧없는 생들을
녹여 품어 안고 다시 채우고 채워
깊으디 깊은 또 다른 자욱의 흔적을
남기려
오늘도 남은 날들도 저미어 들이려는가.

추억

그날도 사람들은 모였다 많은 이들이
생애의 첫날은 누구나 간직하고
있지만
오늘을 더욱 기리고 예뻐해 주었네

높은 산 깊은 강 넘고 건너고 세월은
그렇게 흘렀고
기쁨도 애환도
옷깃을 스치는 인연의 한 자락이 되었고

아팠던 추억일랑 모두 흘러가는
저 구름에 얹혀
떠나 보내고 남은 세월의 여백을
즐겁고 아름다움으로 채워

오늘도 내일도 향기 가득한 꽃마을에
오손도손 모여
푸르디푸른 하늘가에 올라
생의 찬가를 드높이 부르리라.

산사

산새가 울었든가 이슬이 맺혀 그 속에
중생도 산천도 품었든가
각양각색의 모양을 갖추고 오체투지도 해보는
인생들이건만
평등과 무차별의 숭고함은 언제나
모든 이의 가슴 속에 뿌리 내릴른지

일찍이 부처님은 도를 가르침에 팔정도가
있고
팔정도의 기본은 올바름이라고 하셨다고한다
인생 고래희를 지났지만 과연 얼마나
올바르게 살아 왔을까
이 새벽 문득 산사의 품에 안겨 고단한 삶과
고뇌의 세월을 쓰다듬어 주시기를 바라고
바란
그날이 떠 올려진다

생각은 깊지만 해탈은 이름난 고승도
어려운 것이니
중천을 넘어가는 만월을 우러르며 한 발자국 더
자유와 평온 그들이 모두들에 굳건히 자리하고

때가오면 조용히 미련 없이 열반에 들어
요단강 넘어 극락 정토에 쉬이 들기를 기도하며
가만히 묵상에 잠긴다.

그리운 날

그리움의 백미는 견우와 직녀 고대나 현대나
떨어짐과 외로움은 삶의 곳곳에 도사린다
보고 접고 함께하고 싶어
살을 저미는 고통을 이기는 자도 굴복하여
스스로를 버리는 자도

무엇이 그리 만들까 사람이기 때문일까
비단 사람만일까
개도 소도 나무뿌리도 님 찾아
천리 길을 간다
실천에 옮기는 이도 가슴에 묻는 자도

옛날을 그립고 아쉬워하며 죽음의
문턱에서
회한의 눈물을 흘리고 괴로움에 몸부림하던
그런 날도
시대의 흐름에 따라 문명의 이기로
아픔을 덜어 낼 수 있게 될 수 있으니

그래도 비오는 날 부침개로 삭풍 이는 날
아랫목에 두발 함께하는 그럼이

그리워짐은 뜨거운 우정과 풋사랑을 곱씹는
순정에 머문다
섬돌 밖 젖어오는 님의 발자욱 소리를 기다리는
그리운 그날에 온 몸을
던진다.

폭포

시원한 물보라 웅장한 울림에 산천이
깨어 살아있고
언저리에 옹기종기 터를 일구는 그네는
세상을 밝히는 한줄기 여명이 되어
언제나 그 보금자리 북돋우고

변함없는 세상살이 정성되어 초석이 되고
산하를 수놓는 풀잎 꽃잎 속에 더욱
아릿따운 한 폭의 수채화 되어 펼쳐지네

삶은 언제나 힘들고 또 보람되어
우리 곁에 자리하니 순정의 봉오리 되며
그대와 우리 모두를 보듬고 아우른다

지난 세월 또 남은 세월 함께한 나날들이
굴곡 없는 우정의 틀이 되어
언제나 우리들의 가슴 깊숙이 자리할 것이니

폭포 물결에 피어난 오색찬란한 정기
끌어 모아 안락하고 영원한 쉼터에
곱고도 고운 흥겨운 노랫가락으로
다함께 어울려 살으리라.

결빙

한기를 먹은 삭풍이 대지를 감싸니
땅도 강물도 그 속에 갇히고
온몸을 들어내고 힘차게 버티는 나목도
서로의 등을 두드린다

북풍한설은 자연의 섭리이지만 그에 맞서는
만물은
언제나 힘들게도 강하게도 버티며
인내 한다

결빙은 혹한 속에서 잉태하지만
이 세상을 살아가는
우리들의 마음속에서도 살아 움직인다

한기어리고 차갑게 응어리 질 수도
녹아서 뜨겁게 자리하기도

한 아름 가득히 아름다운 사랑으로
결빙도 차가움도 없는 그런
속세의 마음이 만들어 짐을 기다린다.

여근골의 밤

신선하고 시원한 추절의 바람 여근골을 감싸 안고
풀벌레 소리 고요한 밤하늘의 정적을 깨뜨리니
자연의 정취와 정겨움이 이 밤을 슬어 담고

객고에 허덕이던 나날들은 고향 언덕바지에
붙들어 매어두고
조용한 상념에 젖어 소년시절 즐겨 찾던 매가의
때 묻은 누나의 애절한 사연을 새삼
되새기고

다 못한 삶의 굴레에 숨죽여 울먹이며 가슴시린
애절함을 애써 감추고
극락왕생의 불국정토에 쉬이 들어가시어
편히 쉬시리라 믿으며

칠십 고개 넘어선 아우는 친우의 따뜻한 배려에
하룻밤의 안식을 얻어
풀벌레의 합창에 귀 기울이며 애달픈 옛정에 목메고
그리워하며 이 밤을 보낸다.

무릉도원

산 따라 물 따라 찾아 나선 가구골 여기에
신선 같은 벗이 있나니
탁 튀인 앞뜰을 바라보고 병풍처럼 둘러친 뒷산
둘레는 봉황의 형상이니

그 속에 그림 같은 저택에 그간의 삶이 고스란히
배어 있고
부지런한 살림 솜씨는 기화이초에 먹을거리
풍부하고
청량한 바람은 신선의 놀이터 같으이

오늘 하루 타향살이의 고단한 삶의 몸을 뉘이니
이처럼 편안한 심신이 그 어디 메 있으리오
정갈한 자경의 각종 나물로 빚어진
정성어린 조반은

온몸 가득히 충만하고 즐거운 심사를 불러오니
기쁨에 겨워 새날의 원천이 되고
라일락 형제애에 더해 죽마고우의 정다움이
종심소욕에 이른 소우의 가슴 속 깊이 스며들어
뜨겁게 자리하네.

서설

그믐 밤 별이 감추어지고 먹구름이
까만밤의 천근무게를 더 할 쯤
벼랑 끝 드렁칡에도 산비탈 나목에도
강언덕 갯버들 버들개지에도

소리 없이 사뿐히 내려앉은 소복여인의
숨소리 마냥 희디희게 소복소복 백설의
고운 자태가 자리하고

이 세상 풍진도 번뇌도 번잡한 바람도
묻히고 감추어지니 세상천지가 백색의
한 물결로 고요속에 숨죽여 감기고
있네

성스러운 서기 목마른 기도 애타는 염원
모두모두 슬어 담고 밤새워 소복이 쌓여
서럽던 속내도 고단한 나날도
묶여진 발걸음도 품어안고 보듬으니

새로운 날들 꿈꾸는 날들 환희의 날들
이 모든 날들이 그 먼 옛날의 고복격양 처럼

한세상 순백의 멋들어진 풍경 속에
살아 숨쉬도록 이 서설이 그리고
입혔네.

태평양

물결이 거세고 풍우가 몰아치고
생면부지의 이역만리
범인의 용기를 벗어나 새로운 삶의
벅찬 환경을 찾은 지 얼마인가

삶은 언제나 굴곡과 아픔을 거느리니
지난 세월 어찌 평탄키만 하리 오
모든 풍상에도 거침없이 자라온 거목처럼
두터운 그늘을 만들고 바람도 구름도
산새 들새도 쉬어가게 되니

언젠가 찾아본 그님은 새 삶의 정착에
환한 세월을 엿보게 했고
문경지우刎頸之友의 두터운 참맛을
새삼 느꼈으니

남은 생의 여백도 아름답고 고운
비단결의 자락 같을지니
운우지락雲雨之樂이 걸음걸음마다 그득
하리라
믿으니 어찌 즐겁고 기쁘지 않으리오.

아! 영상일구인이여 1

춘삼월 소백의 정기와 온기가 죽령을 넘어
검정교복에 교모 칼라 깃을 세운 까까머리를
감싸 안고 축복할 때

우리들은 주판 옆에 차고 보무도 당당히
고교 시절의 첫발을 디뎠고 넣기를 빼기를
암산에 귀제 법에 상업부기 공업부기에
3년의 학창 시절은 살같이 흘렀고

풍파 높고 거친 미지의 세상에 거침없이
나아가
저마다 할 일을 정성과 온 힘을 다하여
마치고

육순을 넘어 이순과 종심소욕에 이르러
세상천지에서 자유로워지는 때에
영상 1기부터 9기 까지 전부가 하나 되니

그 감회 뿌듯함이 영상인 모두의 정수리에서
꽃이 되어 피어나고 이곳 북한산과 하림각이
들썩이며 덩실 덩실 춤을 추네.

아! 영상 일구인이여 2

이제 바쁘고 분주한 일상에서 벗어나
선배 후배 다 함께 두 손 마주 잡고
흰머리 주름이 깃든 서로의 얼굴에서
나를 찾으며

소찬과 대포 한 잔을 앞에 두고 노년의
여유를
간단없이 느껴 봄은 어떠한지

거기에는 정신과 육체 두루두루 강건함이
굳건하고
배려와 교통 보살핌이 앞서야 하는 것은
불문가지의 진실일 것이니

오늘 힘차게 들어 올린 이 축배의 잔에
그 모든 것을 가득히 담고 다함께 기원하며
더욱 정겹게 더불어 살아감이
어떠하리

아! 영상일구회여 강녕하고 영원할 지어다.

영상일구회 2018 총회를 축하하며

아! 종일인이여 1

1965년
춘설이 시샘하는 날 까까머리에 새로운 교정
낯선 얼굴 설레는 마음 두근거림
속에

청운의 푸른 꿈 가슴 가득히 품은 채
배움에 희망을 안고 고교시절의 첫발을
디뎠고

넣기를 빼기를 풀베기 모심기 화훼 원예에
가장행렬에
미분 적분 상업 공업부기에
3년의 학창시절은 알게 모르게 지나 버렸고

더 높고 더 많은 세상살이를 찾아 거침없이
나아가
저마다에 주어진 그 몫을 정성을 다하여
마치고

졸업의 50년이 된 해에 옛 기억과 추억을
떠 올리며

흰머리 주름이 깃든 얼굴에서 너와 나의
인생의 희곡을 들여다보며
스스로 위안의 날을 맞이하니

이 곳 영주 고을 서천의 물줄기와 서천교의
머릿돌
철탑산의 영기와 소백의 정기
모두가 나와 엎드려 축하 하네.

아! 종일인이여 2

이제
바쁘고 분주한 일상에서 벗어나
오랜 학우들과 소찬과 대포 한잔을 앞에 두고
노년의 여유를 간단없이
느껴봄이 어떠한지

그럼에는 정신과 육체 모두의 아름다움과 건전함이
상존하고
배려와 교통 보살핌이 함께하여야 하는 것은
필요 불가결의 참일 것이니

아! 종일인이여
오늘
힘차게 들어 올린 축배의 잔에
이 모든 것을 가득히 담아
다 함께 축원하며
더욱 정겹게 소통하고 느긋하게
살아감이 어떠하리.

고교 졸업 50주년을 축하하면서

동방의 꾼들 남국에서 1

동방의 찬란한 여명의 정기 속에 빼어난
그 솜씨를 화폭에 글 속에 노래에 온 몸 속에
담고 적고 부르고 행동하는 꾼들이

잠시 노동현장을 뒤로 하고 여기
남방의 편안하고 큰 나라 작열하는
뙤약볕에 그 끼들을 묻고 있나니

지천에 흐트러진 짙푸른 산수들이
크게 읍하여 반기네

고개를 오른쪽으로 신속히 길을
건너고
한 손가락질은 안 되고 손가방은 앞으로를
가르치며

아리따운 타이 여인의 치마폭에 녹아내려
사자字 대열의 신종新種 가이사가 되어버린
자칭 꽃미남의 너스레를 들으며

사라져 가는 담넌 사두악 물위에 펼쳐진

전래의 풍물 시장은 몇 개의 목발위에
그림처럼 얹혀진 집들 속에서
물살을 가르는 쪽배 속에서

면면이 이어져 오는 장구한 삶을
살아가는 타이인 들을 신기 속에 들여다
보며
갈증 나는 목을 한통의 야자수에 축여보네.

동방의 꾼들 남국에서 2

끝없는 초록 평원의 이 땅위에 우뚝 선
산마을 칸차나 부리!
털털거리며 땡땡 종치며 숨 가쁘게 달리는 산악 열차
수많은 전사들을 앗아간 죽음의 계곡

용달차의 짐칸을 타고 딸들이 더 보배로운
이들의 삶은
웅장하고 찬란한 사원의 추녀 끝만큼
우리를 더욱 신비 속으로 끌어 들이고

뻘 위에 도도히 펼쳐진 전설 같은 전쟁 설화를 담고
영화 속에서 우리를
설레게 하던 콰이강의 황토물결은
황룡의 무한한 용트림으로 신비 속에
묻힌
이방인의 가슴에 콸콸 굽이쳐 용솟음 치고

그윽한 밤하늘 삼라만상을 인도하는 십자성
저 별빛은
전생과 내세를 헤아리며

느긋하게 살아가는 넉넉함을 담아 낼 때
내일의 또 다른 여정의 설레임을
안은 채
깊어져 가는 남국 펠릭스의 밤 속에 빠져 드네
나도 모르게.

노동문화제 탐방 태국 칸차나 부리 호텔 팰릭스에서

축배의 날 1

그날 춘설이 시샘하는 날 우리는 까까머리에
검정교복 교모 칼라 깃을 세우고
주판 옆에 차고
보무도 당당히 고교 시절의 첫발을 디뎠고

넣기를 빼기를 암산에 귀제법에 풀베기에 모심기에
상업 공업부기에
3년의 학창시절은 살 같이 흘렀고

풍파 높고 거친 미지의 세상에 거침없이 나아가
저마다 할 일을 정성을 다해 마치고

입학과 만남의 50주년이 된 해에 옛 기억과 추억을
떠 올리며
서로의 얼굴에서 나를 찾으며 스스로 위안의 날을
맞이하니

이곳 간현땅 섬강 물줄기와 쏘가리 떼
소금산 암벽
낙락장송과 곱게 물드는 단풍 모두가 나와
엎드려 축하하네.

축배의 날 2

이제
바쁘고 분주한 일상에서 벗어나
오랜 벗들과 소찬과 대포
한 잔을
앞에 두고 노년의 여유를
간단없이 느껴봄이 어떠한지

거기에는 정신과 육체 모두의
강건함이 굳건하고
배려와 보살핌이 앞서야 하는
것은
불문가지의 진실일 것이니

오늘
힘차게 들어 올린 축배의 잔에
이 모든 것을 싣고
다 함께 기도하며 더욱 정겹게
더불어 살아감이 어떠하리.

영상회 입학(만남) 50주년을 축하하면서

아! Whistler 1

북쪽 하늘에 만년 설풍이 병풍을 펼칠 때
언저리
따사한 여름 볕 속에 잔잔하고 파란 명경 같은
호수를 이고

억겁 속에 변함없는 Squimash(바람의 어머니)는
그 옛날
이 땅에 주인이었든 인디언 그들의 숨결을
오늘도 이어가는데

이제
한없는 이방인들의 발걸음은 이 시대의 거침없는
새 풍경을 만들어 내고 그에 담긴
싸이클링 슬로프 콘도라 리조트

이들은
마르지 않는 만년설의 젖줄 마냥
끊임없는 새 얼굴들을 푸르디푸른 만년 호에
드리우고 있네.

아! Whistler 2

사방에
밀떡(만년설)을 한 아름씩 안고
불타는 창공을 향해
포효하는 범이 장다리 같이
둘러선 준봉들을

2182 m Whistler Mountain
정상에서
경외하게 바라보는 동방의 이방인은

어느덧
삼라의 티끌을 털어 버리고
또 하나의 진토 되니

아 –
Whistler 여
그대는
영원 할 지고.

☆ Whistler : 캐나다 뱅쿠버 시에서 120km 떨어진 휴양지로서 스키 및 리
조트로 유명하고 2010년 동계올림픽 개최지임..

버드 미류나무 드높은 교정은 언제나
가슴속에 1

따스한 바람이 아지랭이 피는 언덕바지에 곱게
자리할 때
코흘리개 얼굴에 바지저고리 고사리 손을 들고
버드나무 미류나무 하늘 높이 치솟은 그 전당을
찾아
배움의 불꽃을 피운지도 어언 수십 년이
지났는가 봅니다

철없는 어린애 어리석음을 벗고 길고도 짧은
머나먼 인생의 여로에 그래도 뒤지지 않을
나름의 양식과 지혜를 터득하고
여섯 해의 정든 님의 품안을 떠난 지도 벌써
삼십 개 성상이 지났나 봅니다

이제 흩어진 우정의 나락을 줏어 모아 하나의 고리로
엮어 다시는 깨지 못할 영원한 모태로 승화하고
다시 한 번 볼연지 연 붉은 미소년의 자태로
돌아 간지 대여섯 해가 되었나 봅니다

언제나 사모하고 그리워하는 그리고 존경하는
그 마음을 늘 간직하며 여미면서도

삶의 굴레를 못 벗어나 애타게 목 메이는 간절함을
오늘에야 풀어보는 아직도 모자라는
선 머슴애임은 어찌할 바가 없나 봅니다.

버드 미류나무 드높은 교정은 언제나
가슴속에 2

초가 흙바닥에 검정 고무신에 헝겊 허리띠에
책보 둘러매고 딸랑딸랑 필통 소리에 강낭가루 우유가루
퍼 담는 소리에
2·1은 2, 3·1은 3 구구단 소리에 안경 낀 박 선생님
호령 소리에
철들고 정들고 배우고 그리고 자랐나 봅니다

귀 잡고 벌서든 머슴애 가시내
들마 앞 냇가에서 물벌레 잡아 병에 가두고
청 띠 백 띠에 검정 빤스 그리고 신나든 가을 운동회
그렇게도 그리기가 어려웠던 우물 가 드렁 칡
새 교과서 받아 메고 부엉이 재 오르며 땀났던
그날들

아! 모든 것들이 생생해 옵니다

이 험난한 세태 속에 앞앞이 알맞은 돛대를 높이고
하나하나의 밀알이 되어 앞 동네 뒷동네에서
그 몫을 다함은 억겁의 세월 속에서도 빛날
님의 고귀한 가르침 오직 그것 때문이라 봅니다

여기
만시지탄의 부끄러움을 딛고 모자라나마 보은의
정성을 담아 올리는 조촐한 소찬에
파노라마처럼 스쳐가는 재미나는 추억의 즐거움을
맛보시면서

추향이 짙어지는 소백의 자락에 안겨
선생님
건강 하소서 건강 하소서.

소백산 자락 산장에서 초등학교 은사님을 모시고

하나로 선
-사상과 문학 시인선-

하늘 땅 사람 이야기

초판1쇄발행 2022년 2월 15일

지 은 이 류용하
펴 낸 이 박영률
펴 낸 곳 하나로 선 사상과 문학사
인쇄기획 엔 크

출판등록 제2012-000301호
주   소 서울시 마포구 토정로198 영풍@ 101동 상가 204호
전   화 02) 326-3627
팩   스 02) 717-4536

메일주소 holyhill091@hanmail.net

I S B N 979-11-88374-36-6 03810
정   가 10,000원